W0267678

PETITE BIBLIOTHÈQUE EUROPÉENNE
DU XXe SIÈCLE
COLLECTION DIRIGÉE PAR
MAREN SELL ET MICHAEL TAYLOR

La femme de Job

Du même auteur

Chez Flammarion

Textes pour un poème (1949-1970) (poésie), 1987
Poèmes pour un texte (1970-1991) (poésie), 1991
Le Sommeil délivré (roman), 1952
Le Sixième Jour (roman), 1960
Le Survivant (roman), 1963
L'Autre (roman), 1969
La Cité fertile (roman), 1972
Néfertiti et le rêve d'Akhenaton (roman), 1974
Les Marches de sable (roman), 1981
La Maison sans racines (roman), 1985
L'Enfant multiple (roman), 1989
Les Corps et le Temps (nouvelles), 1979
Mondes Miroirs Magies (nouvelles), 1988
A la mort, à la vie (nouvelles), 1992
Théâtre I, 1981
Théâtre II, 1993

Aux Éditions Flohic

Géricault (récit), 1992

Andrée Chedid

La femme de Job

Récit

MAREN SELL
CALMANN-LÉVY

ISBN 2-7021-2281-7
© Éditions Calmann-Lévy, 1993.

D.R.

J'entendrai toujours la vie
S'élever contre la vie.

Antonin Artaud.

Il est juste que le dramaturge se serve
De tous les mirages qu'il a à sa disposition
Et qu'il ne tienne pas plus compte du temps
Que de l'espace.

Guillaume Apollinaire.

À Henri et à Charles-Henri Flammarion

PROLOGUE

La femme regarde son vieil homme. Elle ne se lasse pas de le regarder ; de mesurer leur tenace, leur impérissable amour.

La femme contemple Job si intensément qu'elle finit par se refléter en lui. Non pas comme une réplique, mais plutôt comme une image inversée, frottée aux mêmes années, réduite par la même usure, frappée par les mêmes malheurs.

Ils viennent de subir la destruction de leurs biens, la disparition ou le massacre des leurs. Assaillis, trahis, ceux-ci ont été assassinés par des amis de la veille.

La femme dévisage Job, et se dévisage semble-t-il d'un même regard, ils se tiennent par la main, l'un devenant l'autre, si proches et bouleversés, déchirés par ces récits de violeurs, de massacreurs, qui ont passé leurs proches au fil de l'épée, exterminé leurs serviteurs, brûlé leurs troupeaux de chèvres, de chameaux, de brebis. À des lieues à la ronde tous leurs domaines ont été saccagés.

Ébranlant les arbres du sommet aux racines, soulevant les toits, secouant les portes, battant les murs, les vents de sable ajoutaient leur férocité à celle des humains. L'unique messager qui avait échappé aux tourmentes leur relatait chaque événement. Au souvenir de tant de visions d'horreur et de deuil, ses mots s'embrouillaient ses genoux s'entrechoquaient.

La femme, en l'écoutant, frissonnait des pieds à la tête. Elle ne maîtrisait plus sa langue, ni ses membres, ni sa respiration. Job lui toucha la main et la fixa longuement. Il ne proféra aucune plainte, mais resta planté devant elle les yeux dans les siens. Elle s'y ancra, évitant ainsi de s'écrouler.

Puis Job s'éloigna, seul. Elle le vit, au loin, prenant appui contre le chêne centenaire, celui qui surplombe les trois vallées. Sa forme fichée en terre se confondait avec celle de l'arbre. Ne souhaitant plus rompre cette accalmie qui s'imposait à tout le paysage, la femme ne le rappela pas auprès d'elle.

Job demeura longtemps debout, maîtrisant chacun de ses traits, interdisant à l'épouvante de le gouverner.

Le souffle entrecoupé de la femme empêchait les larmes de l'envahir. Malgré ses efforts, sa bouche se crispait, ses mains frémissaient. Elle acceptait la perte de leurs possessions qui les rapprocherait des plus démunis, mais refusait, en bloc, avec persistance, l'idée de la disparition des siens. Pour la rassurer, le messager affirma que la plupart de ceux-ci avaient fui et qu'ils reparaîtraient. Il fallait s'en convaincre ; seul l'espoir de ces retrouvailles la maintiendrait hors de l'abîme.

Son regard se porta de nouveau vers le lointain. Job et l'arbre ne formaient plus qu'un.

Elle s'attacha à cette image, s'y fixa pour se soutenir.

* * *

Job était apparu dans cette région à l'âge de douze ans. Il déclara qu'il venait du pays d'Outs, dont nul ne connaissait l'emplacement. Il se présenta sans père, ni mère, et sans autre parent. On l'adopta sans tarder.

Il ne parlait jamais de son lieu de naissance, se mêlait à la population de sa terre d'accueil, tout en conservant un air « d'ailleurs ». Son apparence saisissait : cette haute stature, cette solide charpente, ce corps bien découplé et toujours en mouvement, ce visage radieux aux traits équilibrés, ces yeux pétillants et clairs...

Quelques années plus tard, revenant des champs où ils avaient sarclé et glané, Job et sa femme s'abordèrent comme si un lien de parenté les avait déjà unis. Ils ne se quittèrent plus, et s'épousèrent dans leur très jeune âge.

Était-elle aussi éclatante que lui ? Dès sa prime jeunesse, le sentiment d'un temps volatil qui emprisonne et fausse la vision la poussait à fuir sa propre image. Job, au contraire, s'attachait à la sienne. Il s'agenouillait parfois au bord d'un étang pour s'y mirer et s'y découvrir.

– Mon cœur t'aime, disait Job à sa femme. Aussitôt, elle se sentait belle. Il la parait de colliers de corail qui seyaient à son teint basané. Il l'appelait : « Mon palmier, ma cavale. » Sur-le-champ, elle resplendissait.

D'année en année, sa voix franchissait collines et plaines, pour l'atteindre, l'enlacer, la réconforter :

– Tu es belle, mon amie. Tes lèvres ressemblent à un ruban écarlate, tes seins à deux faons jumeaux.

Ils traversèrent les saisons du passé, du présent. Ils pénétrèrent, ensemble, dans l'avenir.

– Tu es terrible comme les bataillons, lui disait-il parfois.

Elle se sentait alors fougueuse, intrépide ; plus solide pour les épreuves à subir.

* * *

Elle donna naissance à sept fils et à trois filles.

De son ventre à la vie, rien n'entrava le cours de la nature qui la surprenait souvent. Ils chérirent leurs enfants en chacun de leurs visages, en chacune de leurs voix, en leurs tempéraments si divers. Plus tard, leurs éloignements, leurs rapprochements, leurs éclipses, qui troublaient Job, ne l'avaient, elle, jamais inquiétée.

À celui-ci tout réussissait. Le ciel déversait ses bienfaits sur cet homme intègre et droit. Il craignait Dieu et se détournait du mal. On le surnommait « Le plus grand des enfants de l'Orient. »

Leurs possessions comprenaient sept mille brebis, trois mille chameaux, cinq cents paires de bœufs, cinq cents ânesses, plusieurs demeures et un grand nombre de serviteurs.

Les jours de fête, leurs nombreux descendants se réunissaient pour boire et manger dans l'une de leurs maisons respectives. Job, dont le labeur ne s'interrompait jamais, ne pouvait les rejoindre.

Après l'époque des festivités, il convoquait ses fils dans le but d'offrir des sacrifices à l'Éternel, au nom de chacun.

– Pour les purifier, déclarait-il.

– Les purifier de quoi ?

– Peut-être ont-ils offensé Dieu dans leurs cœurs.

– Sais-tu lire dans leurs cœurs ?

– Aucun homme n'est innocent.

– Pourquoi te poser en juge ?

– Je ne juge pas, je prévois. Je les lave, par avance, de tous péchés.

– Où y a-t-il péché ? Et pourquoi ?

– Femme, tu chicanes inutilement, rétorqua-t-il, sans la laisser continuer.

À l'aube, suivi de ses fils – il en manquait souvent deux ou trois à l'appel –, Job se dirigeait vers l'autel des holocaustes situé au sommet de la colline de Kérub. Derrière eux marchaient le taureau, trois béliers, accompagnés par deux serviteurs portant la corbeille de pain sans levain et l'huile d'onction.

La femme n'éprouvait que répugnance pour ce qui allait suivre : l'égorgement, le sang répandu, la viande débitée, ces têtes, ces membres, ces parties jetées au feu, ces relents de chair brûlée, de graisse consumée ; tout la rebutait dans cette cérémonie. Prétendant que l'arôme délicieux du sacrifice, s'élevant vers le ciel, honorait le Très-Haut, Job qualifiait de « suaves » ces odeurs nauséabondes. Elle, n'y respirait que puanteur, dont le seul souvenir l'écœurait jusqu'au vomissement.

Job s'irritait de ces répulsions et la traitait de « jardin fermé, de fontaine scellée ».

Elle ripostait :

– Tu voiles tes fils de soupçons. Tu marchandes le pardon du Seigneur.

– Je connais l'attente de l'Éternel, je vais au-devant de Ses désirs.

– Qui t'autorise à parler en Son nom ?

– Qui ?

Il la fixa avec stupeur. Elle lui devenait subitement étrangère, autre. Des espaces imprévus les séparaient. Soudain, ils ne parvenaient plus à se rejoindre, à s'absorber l'un dans l'autre, à se confondre. Ils se tenaient face à face, presque hostiles. Dissemblables, singuliers.

Pourtant, cette femme aimait Job.

Et Job, pourtant, l'aimait.

* * *

Ces dernières années, observant Job puis s'examinant à son tour, la femme constatait, avec étonnement et curiosité, ce que la vieillesse avait fait d'eux.

Rien de cette dévastation n'était inattendu. Elle avait trop aimé l'état de jeunesse pour ne pas l'avoir savouré en son heure et dans tous ses états, pour ne pas en avoir saisi l'éblouissante brièveté.

Le labeur, les changements, les accords, les affrontements avaient sillonné leurs existences. Mais chaque soir, en contemplant Job endormi, elle découvrait en ce visage désarmé quelque chose d'irréductible et d'essentiel. La face de l'homme s'offrait à elle comme un paysage illimité, d'où s'effaçaient les remous, les péripéties du quotidien.

Elle avait parfois surpris son époux dans la même posture : courbé au-dessus d'elle, veillant sur son sommeil. Retenant son souffle, il explorait ses traits apaisés et tranquilles.

La vieillesse lui offrait parfois la même image : écorces semées, aspérités dissoutes, abandon des formes transitoires face à la résistance du noyau. Impalpable, éternelle substance, éclipsant le temps et qui se réfugie souvent dans le regard.

Fascinée par ce détissage qui se fabriquait à leur insu, par ces épuisements de la chair, cet appauvrissement des os, ces fragilités de la peau se grêlant de taches de son, témoin des transformations identiques aux siennes qui s'opéraient sur son compagnon, la femme ressentait envers lui un regain de solidarité et de tendresse.

Elle s'accommodait de ces affaiblissements successifs, tandis que Job luttait encore. Il se mesurait à la nature, il remontait la rivière à la nage, taillait les arbres, chassait, parcourait à pied vallées et collines. Il se mesurait aux hommes, il conduisait leurs entreprises, garantissait leurs existences, s'engageait dans leurs débats, répliquait à leurs arguments. Elle l'en admirait, en suivant d'autres chemins.

La vieillesse, elle y était disposée. Celle-ci réservait des ressources dans lesquelles elle saurait puiser. La vieillesse n'était pas que ruines.

La vieillesse ; non pas la dégradation. Non pas la maladie. Non pas l'état morbide et ravageur qui s'empare et broie le corps avec l'esprit.

* * *

Depuis quelques jours Job demeure accroupi, immobile, sur le sol. Il vacille dès qu'il tente de se dresser sur ses jambes. Un ulcère le ronge depuis la plante des pieds jusqu'à la tête. Les démangeaisons l'obligent à se saisir d'un tesson, à se gratter jusqu'au sang. Des écorchures de peau se mêlent à la poussière du sol. Escarres et cloques se multiplient. Ses plaies suppurent. Des pustules, des rougeurs recouvrent ses membres, sa poitrine et son ventre.

– Ce n'est rien, ça passera, murmure-t-il.

La femme s'efforce de supprimer dans sa voix la moindre trace d'inquiétude. Elle flatte son courage, sa résistance :

– Tu es plus fort que le mal !

Mais le mal resserre ses griffes et s'acharne. Le dos de Job se voûte. Ses membres s'atrophient. Ses joues, les cavités de ses tempes se creusent. Les salières de ses épaules s'effondrent.

Des touffes se détachent de son cuir chevelu. Sa barbe ne pousse plus. Ses narines se pincent. Sa langue est aphteuse. Sa bouche s'ouvre pour engloutir l'air avec avidité, puis se boucle comme un coffre. Son regard traverse à grand-peine une matière opaque, flotte, puis se relâche. Ses forces le trahissent. Par moments, il devient impatient, coléreux. À d'autres, il s'abandonne et refuse de changer de vêtements.

Autour de lui se répand une odeur de cendres et de lait ranci.

Job glisse, impuissant, d'un état de fièvre à un état de prostration, d'un état de langueur à une agitation démesurée.

Pour étouffer le sentiment d'impuissance qui l'assiège, sa femme effectue avec opiniâtreté une série de gestes usuels : elle lave leurs fripes, frotte les sols, prépare nourritures et boissons. Mais lorsqu'elle lui offre à boire, ou à manger, Job se détourne et secoue la tête d'un air buté.

Des jours passent, sans la moindre éclaircie. Des nuits s'étirent, sans repos. La résistance de Job décline. La pensée que ses souffrances sont voulues par Dieu – peut-être méritées – ajoute à sa torture.

La gangrène du corps grignote son âme.

Quelquefois la présence de sa femme l'embarrasse, l'obligeant à retenir des gémissements qui l'auraient soulagé. Il a besoin de sa confiance, de son courage et s'en veut de ne plus être, en retour, ce soutien sur lequel elle pouvait prendre appui.

Un soir, se croyant seul, Job céda aux lamentations. Une sombre complainte, semée de râles et de mots interrompus, s'éleva dans la pièce.

Aux aguets derrière lui, émue par ces pleurs, révoltée par ce Dieu impitoyable que Job se figurait toujours, la femme s'exclama d'une voix stridente :

– Quoi ! Tu persévères encore dans ton adoration, dans ton intégrité ? Maudis Dieu et meurs !

Avait-elle osé ces paroles sacrilèges ? N'avait-elle pas plutôt dit « Bénis Dieu et meurs » ? Ces mots, faits de rébellion ou de moquerie, n'étaient pas contradictoires.

Dans le feu de la colère Job s'était brusquement retourné pour lui faire face. C'était la première fois depuis des jours qu'il remuait ou se redressait.

– Tu parles comme une insensée ! s'écria-t-il d'une voix tonnante.

La femme fut soulagée par cette explosion, ce sursaut.

* * *

Souvent, les nuages s'amoncellent avant de s'abattre, anéantissant l'avenir. D'autres fois, en pleine adversité, quelque chose de fluide, de léger, s'empare des lieux, s'infiltre dans le sang, raccorde aux printemps disparus.

Jadis, avant les enfantements ; jadis, avant les pesanteurs quotidiennes, Job et sa femme allaient et venaient dans l'allégresse de leurs jeunes corps.

La nuit, lorsque parents et serviteurs sommeillaient, Job et sa femme, la main dans la main, parcouraient leur vaste demeure. Ils sortaient ensuite dévêtus sur les terrasses. La lune bleuissait les arbres et nacrait leur nudité.

Ils chantaient. Ils s'aventuraient. Ils osaient parler d'amour :

– Toi que mon cœur aime, disait-il,
Tu es un jardin clos,
Tu es un lys parmi les épines,
Tu es belle, ma sœur, ma fiancée...

– Que tu es beau, répondait-elle,
Place-moi comme un sceau sur ton cœur,
Comme un sceau sur ton bras...

Ils s'appelaient :

– Lève-toi et viens.

Ils déclaraient avec audace :

– L'amour est fort comme la mort. La passion, indomptable comme le séjour des morts.

Ils s'unissaient avec ardeur. Incarnation

mystérieuse de leur lien, de nombreux fils et filles renforcèrent bientôt cet accord.

Au cours des années, les empâtements, les ébranlements, les empreintes, les déchirures, les renoncements à la grâce, elle les aura vécus, de naissance en naissance, entre impatience et ravissement. Toujours sous le regard de Job ! Celui-ci rachetait par son amour les dégâts de la chair, modérait les inquiétudes, aplanissait les lendemains.

Job ne se lassait pas de serrer ses enfants dans ses bras, de les faire tournoyer, de les porter sur ses épaules pour courir sur les chemins. Pour leur apprendre à lutter, il les entraînait sur le sol ; ils s'agglutinaient alors sur sa poitrine, son ventre et ses jambes ; il riait de leurs rires. Taillé pour les exercices corporels, il les initia dès leur plus jeune âge à la marche, à la nage, au combat.

Le soir, penchés au-dessus de leur couche, lui et sa femme s'émouvaient de cette moisson de têtes brunes et bouclées emportées par le sommeil. Ils les nommaient à voix basse :

– Samuel, Zebul, Makir, Aaron, Jacob, Ephes, Jonathan...

Ce dernier, malingre et solitaire, les inquiétait. Jonathan avait toujours manifesté une sensibilité aiguë que l'angoisse risquait de submerger.

– Jemima, Kezia, Keren, prononçaient-ils ensemble.

Ils tentaient d'entrevoir leurs destinées, de prévoir leurs agissements, face aux bienfaits ou aux misères de l'existence. Ils se les figuraient éprouvant, plus tard, au souvenir de leur enfance, des sentiments confus d'amour et d'hostilité.

Job estimait que la voie qu'il leur désignait était la meilleure. Sa femme pensait, au contraire, que s'en écarter pour tracer ses propres ornières concordait avec l'ordre des choses et de la découverte.

Jusqu'à ces derniers temps, Job réclamait la présence de ses enfants adultes et de leurs descendants autour de sa table. Il insistait, parfois avec autorité et sur un ton cassant – qui la surprenait toujours, car il avait l'esprit vaste et le cœur généreux – pour que les siens se conforment à une conduite dictée par l'usage. Il les souhaitait pénétrés des mêmes exigences que les siennes, fidèles aux mêmes règles, aux mêmes rites.

Job et sa femme s'opposaient alors avec rudesse et vivacité. Mais aucun désaccord n'aboutissait à la rupture. Aucune querelle n'entama leur estime ou leur amour.

* * *

Job possédait de multiples demeures, de plus en plus vastes, de plus en plus remplies de serviteurs, qu'il traitait avec largesse et respect. La femme s'y sentait mal à l'aise, cherchant sans cesse à dissoudre les distances avec ceux d'autres conditions. Elle encerclait de son bras l'épaule des vieilles servantes, riait avec les plus jeunes, invitait leurs enfants à se mêler aux siens, les conviait à leur table. Job ne s'y opposait pas.

Plus tard, certains de ses fils, de ses filles lui reprochèrent d'avoir, en agissant ainsi, défié des lois naturelles qui paraissaient, à sa surprise, les contenter. Elle observait, par instinct, certaines traditions qu'elle jugeait secourables et à l'épreuve du temps, mais repoussait celles faites pour asservir, pour diviser.

Sachant que la nature versatile des hommes les rendait incapables de se maintenir dans le bien comme dans le mal, jamais elle ne fut dupe de paradis perdus ou de jardins promis. Les barbaries, les atrocités de l'Histoire, transmises de siècles en siècles, de descendants en descendants, la troublaient profondément : « Ils s'assommèrent à coups de pierre. Après s'être lapidés, ils se brûlèrent au feu. Ils se battirent au point de ne laisser ni survivant ni fuyard. Au tranchant de l'épée, ils exterminèrent tous les habitants. La ville fut réduite en un monceau de ruines. » Mais elle gardait, en dépit de ces réalités, le goût et la certitude de l'espoir. Délaissant les psalmodies, rétive aux génuflexions, elle saluait à chaque aube l'éveil de la lumière. Dieu en était-il la source ? Un Dieu insondable que les vivants tentaient, en vain, de réduire.

Job et les siens, préservés jusqu'ici, venaient d'être atteints et gravement meurtris. Elle se doutait que bonheur et vertu n'allaient pas de pair ; non plus que malheur et vilenie. Rejetant l'image d'un dieu cruel et vengeur, elle n'aurait pu s'abandonner qu'à un dieu aimant, un dieu de miséricorde. À un dieu qui, préférant l'homme à l'ange, lui aurait laissé sa liberté. Mais ce dieu-là existait-il ? Et qui souhaitait l'entendre ?

La femme s'approcha de Job, faillit murmurer : « Je te guérirai de la crainte de Dieu », se retint dans l'épouvante de ce qui les attendait encore. L'échange des mots vifs et coupants de la veille les avait réduits au silence.

Tassé dans un coin de la pièce, la tête

recouverte par un pan de son manteau, Job, souffrant de morsures aiguës dans le ventre, se recroquevillait sur ses douleurs, s'enfonçait dans le puits sans fond de sa détresse.

On aurait dit, déposée au bas de la cloison, une motte de terre ébranlée par de fréquentes secousses.

Elle le fixait, les bras inertes. Impuissante.

* * *

Au cœur de cette nuit, comme jadis après l'amour, la femme a tendu sa main vers celle de son compagnon. Leurs paumes jointes avaient été, jusqu'ici, un refuge, un réconfort. Mais les doigts de Job se rétractent, se crispent. Il se retourne sur sa couche pour lui tourner le dos. Il ne tolère plus la moindre caresse. Chaque cheveu, chaque ongle, chaque grain de peau est irritable, endolori.

À qui se confier ? Avec qui partager le fardeau de ces heures ? Victimes des circonstances ou de l'âge, les amis avaient peu à peu disparu ; et de quel droit accabler la jeunesse du poids de ses malheurs ?

Se plaindre à l'Éternel ? Elle ignore toujours Son langage ; du moins celui que Ses fervents Lui attribuent.

* * *

Alors, la femme parle. Elle parle haut, elle parle bas.

Arpentant ce qui reste de leur demeure, allant et venant sur le sentier des vignes détruites, de la rivière à sec : la femme parle.

Elle parle avec et contre l'Histoire. Avec et contre les humains, qui ont bonté et violence dans leurs os. Avec et contre le temps. La femme parle avec tout ce qui surgit des entrailles et s'élève vers on ne sait où. Elle parle. Pour elle seule, et pour chacun. Elle cherche à boucler sa pensée, à fixer ses sentiments, à saisir les raisons de ce saccage. Elle glane des mots d'ici, de là, espérant, à travers cette moisson déréglée, découvrir la parole qui soutiendra Job et qui les soulagerait.

Elle ne sait plus qui elle est, ni d'où elle vient, ni où elle va. Est-elle loin, loin, à l'arrière ? Ou bien loin, loin, devant ?

Elle était, elle fut, elle est, elle sera : la femme de Job.

Elle n'a pas d'autre nom. Elle n'en désire aucun autre.

DIALOGUES

Les douleurs s'amenuisaient. Au neuvième jour, tandis que sa femme veillait à distance, Job se hissa, péniblement, sur ses jambes. De paume en paume, prenant appui le long du mur, il recouvrit, peu à peu, toute sa taille.

Elle éprouva un plaisir immense à le voir de nouveau debout, et se retint pour ne pas pousser des cris de joie.

Job avait sérieusement maigri. Les vêtements qui pendaient autour de ses épaules et de sa taille ressemblaient à des oripeaux accrochés à une chair flasque et grise. Ses genoux ressemblaient à un sachet de nœuds, ses mollets à des cordes, son buste à un cep de vigne. Faisant comme s'il venait d'accomplir, en se redressant de la sorte, un acte quotidien, la femme esquissa un sourire et continua, malgré les battements de son cœur, de vaquer à ses occupations.

Job avait le même regard ombrageux, farouche des derniers jours. Ses yeux de braise luisaient plus fort que d'habitude ; on aurait dit que pour traverser le séjour de tortures et de ténèbres dont il venait d'émerger il n'avait pu compter que sur leur acuité et leur éclat.

Reprenant possession de son corps, il s'exerça à étendre, à replier ses membres, à mouvoir pieds et mains, à toucher sa peau aux plaies asséchées, aux ecchymoses indolores. Un sentiment d'ivresse l'envahit. Il se balança, pivota, tournoya sur lui-même, éclatant d'un rire d'enfant.

– Je ne sens plus mon corps ! lança-t-il.

Sa fragilité, son décharnement le rendaient pourtant méconnaissable. Elle s'approcha les larmes aux yeux, prête à le prendre contre elle, à le bercer.

– Donne-moi à boire, fit-il.

La main sur son épaule, il ajouta :

– Tu es là. Toujours tu as été là.

Elle embrassa cette main, et le quitta en hâte pour préparer les aliments.

Il but. Il trempa du pain dans son lait. Il en redemanda.

* * *

Quatre ou cinq jours passèrent. Le souvenir de ses autres épreuves, de la rupture avec Dieu, de l'absence de ses amis revint le hanter et l'assombrir.

Au huitième soir, la femme entendit des voix familières autour de la maison.

– Tu vois, tu n'es pas abandonné ! lança-t-elle avant de se précipiter vers l'extérieur.

Job se traîna, haletant, jusqu'à la porte. Soudain, son visage s'éclaira.

– Dans mes bras, Éliphaz, Bildad, Tsophar ! s'écria-t-il.

Ces derniers eurent du mal à le reconnaître :

– C'est toi, Job ?

– C'est moi.

De chagrin Éliphaz déchira son manteau. Bildad soupira en portant la main devant ses yeux. Tsophar détourna la tête pour se ressaisir.

Ce fut pourtant un beau, un très beau soir. Job se sentait heureux ; apprenant ses malheurs, ses amis étaient accourus pour le consoler, le soutenir.

La femme se retira pour préparer les nourritures.

Après le repas, elle les quitta, rassassiés.

Un peu plus tard, de la salle contiguë, où elle rinçait divers ustensiles, elle s'étonna d'entendre un assaut de voix, tantôt caverneuses, tantôt grinçantes, chaque invité cherchant à couper la parole à l'autre.

Surgies de ce tumulte, quelques phrases la consternèrent :

– Tu as engendré ta propre souffrance, Job.

– Dieu te corrigera coupable, mais te bénira docile.

– L'innocent est toujours épargné.

Ces arrêts l'indignèrent. Elle pénétra dans la pièce pour s'interposer entre ses hôtes échauffés et Job, en butte à leurs insidieuses attaques.

Apercevant sa femme, ce dernier l'immobilisa du regard. Sidérés par son intrusion, par son audace, les trois amis la fixèrent durement.

Elle n'était pas à sa place, elle le découvrait une fois de plus. Où était sa place ? Elle s'arrêta, baissa la tête, et disparut, à reculons, dans la pièce voisine.

Elle venait cependant de découvrir un éclair de connivence dans l'œil de son époux. Celui-ci lui signifiait de se retirer, mais, aussi, qu'il l'avait entendue.

– Parlez l'un après l'autre, sinon je ne vous écouterai pas, déclara Job d'une voix ferme.

De l'autre côté de la cloison, elle attendit, rassurée.

* * *

Éliphaz, l'aîné, prit d'abord la parole. Ses cheveux qui avaient à peine blanchi arboraient la même couleur ténébreuse que ses vêtements. Sa barbe en pointe, ses doigts interminables, taquinaient sans cesse le bas de son menton. Ses sourcils joints et fournis lui donnaient un air opaque, rigide.

Avec des inflexions souples, mielleuses, délivrant le moindre mot comme un joyau, il parsemait de préciosité toute cette raideur.

De temps à autre, il se tournait vers ses deux compagnons, quêtant leur approbation. Ceux-ci opinaient de la tête, espérant jouir en retour des mêmes faveurs et de la même écoute.

Savourant, se délectant de chacune de ses paroles, Éliphaz prononça :

– Iniquité... Fautes qui ne moissonnent qu'affliction. C'est ainsi.

Il continua :

– Que Job consente à se regarder sans indulgence.

Il insista :

– Tout homme est coupable. C'est ainsi.

S'excluant, ainsi que Bildad et Tsophar, de ce blâme, il concluait la plupart de ses phrases par le même mot tranchant.

– Écoute-moi et fais-en ton profit. C'est ainsi.

Front plissé, dos recourbé, bras croisés, Job se rassemblait comme un animal dans sa coquille.

Quittant sur la pointe des pieds la pièce où elle s'était réfugiée, la femme se tenait patiemment dans l'ombre, les observant dans le silence ; mais dans sa tête les mots s'entrechoquaient. « Que connaissent-ils, ces bien-portants, des supplices de la chair que Job a subis ? Derrière l'écorce de leur bonne santé, comment peuvent-ils mesurer ce que cet homme, leur ami, leur proche, a enduré ? Que perçoivent-ils, avec leur belle mine, de ces douleurs cinglantes, irradiantes, de ces morsures aux entrailles, de ces emballements ou de ces défaillances du souffle, de ces spasmes, de ces fièvres ? Que savent-ils, ces valides, des tourments du corps qui ne peuvent se transmettre ? Job doit-il être fabriqué en airain ? Faut-il l'accabler au lieu de compatir ? »

Perfide, semée de glaçons, la voix d'Éliphaz recouvrait plafond et murs.

– À quoi me sert ta censure ? entendit-elle

enfin. Es-tu ici pour vendre ton ami ? Si je suis coupable, fais-moi comprendre en quoi ?

Ne trouvant aucune réponse, Éliphaz se contenta de répéter :

– C'est ainsi.

* * *

C'est alors que Bildad prit les devants :

– Tu ne sais pas t'y prendre, souffla-t-il à Éliphaz. Laisse-moi faire.

Il se leva. À pas lents, mesurés, qui développaient les plis de son ample vêtement, il s'avança jusqu'à l'escabeau et s'assit en face de Job. Sensible au froid, il se drapa avec soin et cérémonie dans son manteau de laine blanche, avant de commencer :

– Tu as oublié Dieu. Tu subis, en conséquence, le sort des impies. Souviens-toi des jugements de nos aïeux...

Avant de terminer sa phrase il se rappela que Job – venu on ne sait d'où, à un jeune âge – était étranger à cette région. Savait-il même de qui il était le fils ? Bildad, au contraire, pouvait se targuer de descendre de toute une lignée d'ancêtres : « Fils de Msobati, fils d'Adiel, fils de Ziza, fils de Siphei, fils d'Uzza, fils d'Ahio », se récitait-il complaisamment, remontant jusqu'à la vingt-septième génération.

Bildad était un homme de tradition qui craignait Dieu et vénérait les aïeux. Il négligeait le présent, le comparant sans cesse à un passé inégalable qui jouissait de toutes ses faveurs.

Son crâne dégarni, cerclé de cheveux bouclés et neigeux fleurissant sur chaque tempe, son menton, ses joues imberbes, sa peau tendue malgré l'âge lui donnaient un air frais et matinal. De taille médiocre, il se haussait en portant des sandales à triple semelle. Il s'exprimait en un débit rapide ponctué de brèves apparitions d'une langue agile et rose. Pointue comme un dard, celle-ci humectait ses lèvres vermeilles pour mieux les faire reluire.

– Dieu devrait-il fléchir la loi pour te préserver ? reprit-il. Comme un roseau hors du fleuve te voilà racorni, sec, confondu à tous ceux qui se détournent du Très-Puissant ! Tu te cramponnes à une chose puis à une autre. Plus rien n'est debout pour te soutenir !

À ces mots, n'y tenant plus, la femme se détacha du mur contre lequel elle s'adossait. Cette fois elle s'avança, traversa la salle pour rejoindre Job, accroupi sur le sol, et pour se tenir à ses côtés.

– Moi, je suis debout, lui glissa-t-elle.

– Tu t'es pris aux filets. Une trappe est sur ton sentier, poursuivait Bildad sans reprendre haleine.

Job tourna vers sa femme un visage défait :

– Je ne sais où j'en suis. Me voilà un objet de dégoût pour tous.

– Pas pour tous. Pas pour moi.

Se baissant elle lui saisit de nouveau la main, et la baisa longuement.

L'ardeur de cette bouche dans sa paume ranima le vieil homme :

– Entre Dieu et moi, tu n'es pas un arbitre ! s'entendit-il déclarer.

Il se tut devant l'embarras général et chercha des yeux son épouse. Celle-ci l'encourageait du regard :

– Qu'as-tu fait, Bildad, pour écarter de moi les coups ? reprit-il. Dieu me pourchasse et toi tu me rejettes ! Si je me cache dans l'Orient, le Seigneur me poursuivra. Si je vais à l'Occident, Il me trouvera. Partout, Il sera à mes trousses. Et toi, partout, tu aboieras sur mon passage !

Cette fois la femme aurait voulu l'interrompre pour plaider la cause de Dieu, pour modifier l'image terrible que chacun de ces hommes se figurait. Elle refusait de voir en Lui ce chasseur implacable à l'affût du gibier. Elle aurait souhaité que Job Le contemplât autrement. Mais sentant qu'il fallait remettre à plus tard ses doutes et ses désaccords, elle laissa Job à son courage retrouvé.

– Je ne suis pas coupable, continuait-il. Mes jours ont glissé comme une barque, et me voici au seuil de l'obscur océan. Que Dieu me laisse en paix ! Qu'Il cesse de m'épier. Que Son œil renonce à me choisir pour cible. Bientôt je serai mort, Bildad. Bientôt vous me chercherez et je ne serai plus. Prie le Très-Haut, comme je te prie à mon tour, de me laisser souffler avant que je ne pénètre dans le domaine des ombres.

* * *

Le troisième qui parla fut Tsophar.

C'était un personnage jovial, corpulent, à la voix nasillarde. Ventru et bien en chair, son aspect inspirait confiance. Manger et boire à satiété, bénéficier d'un chaleureux embonpoint laissent peu de place, se disait la femme, aux chicanes, aux remontrances et à l'envie.

Désavouant son apparence, Tsophar lança sur un ton vindicatif :

– Grand parleur !

L'attaque, inattendue, produisit un malaise qui étouffa la moindre riposte.

– Suffit-il d'être un grand parleur pour avoir raison ? insistait Tsophar. Tu te proclames sans tache, Job, mais Dieu, qui connaît les hommes pervers, n'oublie aucune de tes iniquités. Qui es-tu pour sonder les profondeurs du Très-Haut ? Pour toucher aux limites du Tout-Puissant, qui es-tu ?

Sa fureur jurait avec son visage joufflu, son crâne étincelant, ses paupières papillotantes son regard clair. Sa robe, tendue sur ses rondeurs, remontée jusqu'aux mollets, laissait apparaître des chevilles adoucies de bourrelets de chair, ainsi que des pieds blancs et dodus.

Émergeant de sa stupeur, Job, au bout d'un long moment, rétorqua :

– Assurément, toi et tes deux amis, vous valez tout un peuple ! Assurément, avec vous mourra la sagesse !

Atteint au vif, Tsophar, écarlate, les yeux exorbités, bondit sur ses pieds, bomba le torse, agita ses bras, secoua ses mains potelées.

– Ta langue de vipère te perdra, Job !

– Mes yeux sont consumés de chagrin et je ne suis entouré que de censeurs. Oui, de censeurs, de railleurs, de conseilleurs, de barbouilleurs de mensonges, de médecins du néant ! Vos sentences ne sont que des maximes de cendres. Vos forteresses, des forteresses de boue. Vos réponses, des réponses d'argile.

– Arrête, s'exclama Tsophar, avant que la nourriture ne se change, dans tes entrailles, en fiel d'aspic. Bientôt tu vomiras tout ce que tu as englouti et tu périras comme ton ordure !

Bien qu'assis sur le sol, Job avait recouvré sa prestance ; ses yeux lançaient des éclairs :

– Je prends ma chair entre les dents, je prends ma vie entre les mains. Je défendrai mon droit, sans personne. À mon tour, j'ouvre un procès. J'assigne Dieu, à mon tour. Je Le somme de me parler en tête à tête !

À ces mots il se leva, sans effort apparent. Abandonnant Éliphaz, Bildad et Tsophar derrière lui, il quitta la pièce, franchit le seuil, sortit sur la terrasse, suivi de sa femme.

* * *

Livrés au crépuscule, le site et ses environs invitaient à la quiétude.

Engageante, voilée d'une légère brume, la terre assistait au spectacle du soleil déclinant. Celui-ci s'enfonçait, à petit feu, derrière un faisceau de couleurs.

– Es-tu fier de me poursuivre comme un fétu de paille, comme une feuille au vent ? murmura Job, enfin dressé de toute sa taille, le regard fixé sur l'horizon. Ne te suffit-il pas d'avoir créé la mort ? De briser cette parcelle de vie que tu nous accordes comme une aumône ? Ce fragment de vie, où l'on éclot, où l'on se fane, pour ne devenir qu'une chose plus inerte que le bois !

Tourmenté par le silence de Dieu, miné par cet amour qu'il croyait anéanti, Job insistait, la voix de plus en plus sonore :

– M'as-Tu jamais aimé ? Ne peux-Tu enfin me répondre ? Si Tu te languis de m'avoir perdu, alors blanchis toutes mes fautes, c'est en Ton pouvoir. Dépose tous mes péchés sous une pierre, et scelle-la ! ... Quel jeu joues-Tu ? Quelle satisfaction éprouves-Tu à ruiner nos espérances, à flétrir nos visages ? Mon âme est en deuil, non seulement de Job, Ton serviteur, mais de tous les hommes que Tu exposes, puis abandonne au mal ! Qui a créé ce mal qui nous précède et qui nous survivra ? De l'autre côté du temps, trouverons-nous la réponse ? Ou deviendrons-nous des fantômes dénués de souvenirs ? Nous qui sommes pourtant les souffles de Ton souffle, pourquoi nous réduis-Tu en poussière, pourquoi nous traites-Tu en ennemis ?

Job tomba à genoux, et la femme fit de même.

Au loin, le soleil s'enfonçait dans la tenace pénombre.

* * *

Cette nuit fut interminable. Baigné de sueur, Job s'éveillait sans cesse. En quête de sommeil et d'oubli, il se recroquevillait sur le côté recouvrant sa tête d'un morceau de tissu brunâtre.

La femme ne se pardonnait pas d'avoir offert le vivre et l'hospitalité à ces trois hommes. Se targuant de tout savoir, ils n'avaient fait que distribuer jugements et condamnations. En même temps, elle appréhendait leur départ, annoncé pour le lendemain, et la solitude qui s'ensuivrait.

La température avait fraîchi. Peu avant l'aube elle abrita Job, enfin endormi, sous sa cape de bure, et glissa sous sa tête un amas de chiffons.

Il respirait paisiblement.

Au bord de la terrasse, accroupie, les bras enserrant ses genoux, la femme n'avait pu que veiller. Elle se tenait, à présent, à l'affût des premières lueurs de l'aube qui éclairciraient bientôt la vallée.

Au bout d'un moment elle aperçut une forme humaine venant dans sa direction. L'allure et la foulée étaient celles d'un homme jeune.

Elle crut reconnaître, à distance, la démarche, la stature d'un de ses fils. Pareils à Job, ils étaient tous bien bâtis, de haute taille, et marchaient à larges enjambées. Tous, sauf Jonathan, au visage innocent et au corps chétif, qu'elle protégeait plus que les autres. En aucun cas celui qui remontait la pente d'un pas vigoureux, accéléré, ne pouvait être cet enfant-là.

Laissant Job en repos, la femme se leva. Le cœur haletant, elle souleva le bas de ses robes, puis s'engagea en courant sur le sentier qui descendait vers le val. La brume ne s'était pas encore dissipée. À distance, elle distinguait à peine le marcheur et cria dans sa direction :

– Est-ce toi, Samuel ? Ou Zebul ? Mekir ? Aaron ? Jacob ? ... Abdiel, est-ce toi ?

Elle débita les noms de ses six fils sans deviner lequel d'entre eux serait bientôt dans ses bras. Elle n'appela pas le septième, sachant que ce ne pouvait être Jonathan.

Aucune réponse ne vint. Mais l'homme s'immobilisa, dressa son bâton, le remua de droite à gauche pour la saluer, avant de reprendre sa course d'un pas encore plus rapide.

La femme se hâtait elle aussi, sans penser à la douleur qu'elle ressentirait bientôt. À la joie de retrouver l'un de ses enfants se mêlerait la cruelle absence de chacun des autres.

Le trajet se rétrécissait. Elle appela encore :

– Samuel, Mekir, Jacob, Abdiel, Zebul, Aaron ? ...

Ce ne fut aucun des six.

– Je suis Elihou, dit le jeune homme. Tu ne me reconnais pas ? Job était mon maître, et ses fils mes compagnons.

– J'ai cru que tu étais l'un d'eux, répondit-elle sans cacher sa déception.

– Où est Job ?

– Où sont mes enfants ?

Elle s'agrippa à sa manche.

– Sais-tu quelque chose ? Sont-ils vivants ?

– Tu les reverras, reprit-il.

– Quand les reverrais-je ?

Cherchant à se dégager, il continua :

– Je dois me hâter. Je suis dans une grande colère contre ces vieillards hargneux qui attaquent mon maître.

Comment l'avait-il su ? Sans doute par ce rôdeur, aperçu dans les parages, qui avait entendu tout ce qui s'était dit dans cette maison à portes ouvertes.

Persuadée que l'arrivée d'Elihou serait secourable à Job, la femme prit les devants pour lui annoncer la bonne nouvelle.

Celui-ci venait de s'éveiller ; reconnaissant le jeune homme, sa face s'illumina :

– Approche, mon ami, approche. Cela fait si longtemps !

Ils s'embrassèrent.

– D'où arrives-tu ?

Elihou, qui brûlait d'impatience, l'interrompit :

– Je viens parler à ces vieillards qui t'ont maltraité.

– Qu'as-tu à leur dire ?

– Je suis plein de mots. Laisse-moi faire.

* * *

Il le quitta et pénétra rapidement dans la maison où Éliphaz, Bildad et Tsophar se préparaient au départ.

– J'ai à vous parler, annonça Elihou.

– Nous n'avons plus rien à faire ici, répliqua Tsophar.

– Job ne veut pas nous entendre, reprit Éliphaz.

– Nous repartons sur l'heure, conclut Bildad.

– Vous resterez, vous m'écouterez, fit le jeune homme, sur un ton impérieux.

Ils le fixèrent, stupéfaits.

– Ni vos raisonnements ni vos discussions n'ont pu convaincre Job. Vos discours sont ineptes !

Suffoquant d'indignation, ne sachant que répondre, ils se consultèrent du regard.

– Ne protestez pas, reprit Elihou. Ce ne sont pas les aînés qui sont les plus sages ni les plus justes. Il ne suffit pas d'accumuler de l'âge, ni d'allonger les études pour comprendre la vie ! Moi, je parlerai à Job. Mais à ma manière.

Se plaçant au milieu de la salle, Elihou jeta un regard circulaire avant de s'adresser tantôt à l'un, tantôt à l'autre, tantôt aux trois vieillards en même temps.

Il leur reprocha d'appartenir à une époque révolue, de n'utiliser que des arguments d'un autre âge. Ils objectèrent faiblement, lui faisant remarquer qu'il n'avait pas assisté à leurs débats.

– Un témoin à l'oreille d'orfèvre et de vaste mémoire m'a tout rapporté. De plus, je vous entends depuis l'enfance ! Vos réflexions ne se déchargent jamais du passé, vos images sentent la poussière, vos raisonnements sont alourdis de décombres. Est-ce que cheveux blanchis, crânes dégarnis, courbatures, essoufflements donnent droit à la sagesse ?

* * *

Job et sa femme venaient de se glisser dans la pièce. Ces paroles, lancées d'une voix querelleuse, leur paraissaient plus proches d'une attaque que d'un plaidoyer.

– Toi, Elihou, qu'as-tu à dire sur ce qui m'est advenu ? avança Job, s'efforçant de ramener le jeune homme à la raison.

Grisé par sa propre arrogance, fier de s'être imposé à ces notables, Elihou se carra sur ses jambes et, les mains aux hanches, répliqua :

– Laisse-moi agir et te justifier.

Une traînée de mots longtemps retenus se pressaient à ses lèvres :

– Vous êtes de l'avant-veille ! Jadis l'on pouvait argumenter de la sorte, mais plus de nos jours. Jadis, naguère, auparavant, autrefois, précédemment, il y a longtemps..., insistait-il, trouvant plaisir à chacune de ces expressions.

Son préambule s'allongeait sans cesse.

– Mais toi ? Toi Elihou, qu'as-tu à me dire ? reprit Job, venant à la rescousse des trois hommes atterrés.

– J'y viens, concéda celui-ci, après avoir décoché quelques dernières flèches en direction de « ce monde suranné, caduc, figé, défraîchi, en voie de disparition ! »

À bout de paroles, Elihou secoua sa chevelure, respira à fond. À pas mesurés, il se dirigea vers Job. Un silence pesant régnait tout autour.

La femme redoutait qu'il n'use, vis-à-vis de Job, de paroles aussi mordantes. Elle le contemplait avec inquiétude. Avec indulgence aussi, comme un jeune animal qui se laisse emporter par ses élans. Il lui rappelait l'un ou l'autre de ses fils, s'insurgeant contre leurs aînés, ou contre l'image d'un père omniscient.

– Je ne flatterai personne, même pas le Créateur, annonça Elihou en se rengorgeant. Car moi, je ne sais pas flatter !

Puis, avec aplomb :

– Job, sois attentif, prête l'oreille à mes propos : ma langue articulera des paroles qui refléteront la droiture de mon cœur. Ma bouche dira franchement..., je répète, *franchement*, tout ce que je sais.

Sans se troubler, sans réaliser qu'il imitait, à sa manière, la conduite des vieillards, copiant leur morgue, faisant écho à leurs remontrances, il poursuivit :

– Aie la patience de me laisser aller jusqu'au bout de mon discours. Dieu t'a parlé, une fois, deux fois, cent fois ; tu n'y as pas pris garde. Au lieu de te repentir, tu t'es applaudi. Ensuite, tu as convoqué, assigné Dieu, parlant de plus en plus contre Lui. Si tu m'écoutes, je t'instruirai et tu renonceras à tes péchés.

– Tu te répands en propos insensés, s'emporta la femme. En quoi tes paroles diffèrent-elles de celles des autres ?

Elle débordait soudain de colère, Job la pria de prendre patience, tandis qu'Elihou, la transperçant d'un regard qui lui déniait toute existence, reprenait :

– Renonce d'abord à tes péchés, Job. L'œil de Dieu dépiste tes voies les plus tortueuses. Jamais personne n'a osé déclarer : « J'ai été châtié sans avoir péché. » Arrache cette pensée de ton esprit, elle te précipitera dans les abîmes ! Répète au contraire : « J'ai fait le mal, je ne le ferai plus. » Repens-toi, accuse-toi. C'est alors seulement que Dieu t'absoudra. C'est alors seulement que tu retrouveras tes biens. Autour de ta table, recouverte comme jadis de mets abondants, tes enfants seront alors tous réunis.

En guise de faveur, accompagné d'un clin d'œil obligeant en direction de la femme, Elihou jura d'être de la fête, lui aussi :

– Comme si j'étais l'un des vôtres !

Se dégageant brusquement de Job, qui tentait de la retenir, la femme franchit, en quelques pas, la distance qui la séparait du jeune homme. Elle lui fit face, planta ses yeux dans les siens.

Traversé par ce regard cinglant il se sentit soudain dévoilé, mis à nu.

Ses paroles s'éparpillèrent, chutèrent autour de lui, comme des écailles. Elles lui parurent soudain illusoires et vaines. De la cendre.

Une lame de fond le parcourut de la tête aux pieds. Il eut l'impression que ses vêtements, comme ses sentences, tombaient en lambeaux.

Surgie du fond de ses entrailles, une vague éclatante, comme un rire, le souleva de l'intérieur.

– Le rire de Dieu, se dit-il.

Un rire suivi d'ondes phosphorescentes et d'échos.

– Le rire de Dieu, reprit-il, stupéfait et conquis.

* * *

IL N'Y A PAS D'ÉPILOGUE

Elihou ne ferma pas l'œil de la nuit ; le rire retentissait toujours. Il l'abritait, ce rire, le protégeant comme un feu, de peur qu'il ne s'éteigne.

Ce n'était plus le rire de la veille, qui avait brusquement éclaté sous sa peau, l'ébranlant, bousculant ses certitudes, renversant ses jugements. C'était un rire plus léger, mais sans persiflage. Un rire folâtre, un rire gai. Un rire qui voletait d'une zone à l'autre de sa pensée et de son corps. Un rire qui franchissait falaises et dunes, qui enjambait rocs et fossés, qui poursuivait sa course et ses glissades sans jamais s'envaser.

Adossé au bas du mur, Elihou, bien que réveillé, gardait les yeux clos, comme si le spectacle s'était déplacé du dehors au dedans.

Après ses péroraisons, suivies de cet échange de regards avec la femme qui avait tout déclenché, les paroles lui parurent inutiles. Un même festin de silence les traversait, imprégnant Job à son tour. Leurs peaux étaient devenues poreuses.

Tous trois se retrouvaient ensemble, dans un espace élargi, vers lequel le rire accourait de toutes parts.

* * *

Bien après, Job prit appui sur l'épaule de sa femme et, pressant l'autre main sur sa poitrine, lui glissa à l'oreille :

– Là-dedans, j'entends une voix...

– C'est ta propre voix, lui dit-elle, car le silence continuait de régner autour d'eux.

– C'est la voix de Dieu, reprit Job.

Elle ne lui rendit aucune réponse ;

– Sais-tu quelles sont ses paroles ?

– Je ne le sais pas...

– Écoute-moi bien, je te les répéterai.

– Je t'écoute.

– Cette voix me dit : « Je t'interrogerai, et tu m'instruiras. »

* * *

À l'autre bout de la salle, Éliphaz, Bildad et Tsophar se tiraient d'un sommeil agité.

Ébranlés par les attaques du jeune Elihou, abasourdis par l'accalmie des dernières heures, ils se consultaient à voix basse.

Peu après, ils décidèrent de quitter au

plus tôt cette demeure où advenaient de si brusques, de si étranges changements. Omettant de faire leurs adieux, ils se dirigèrent vers la sortie.

* * *

– Il m'a dit : « Je t'interrogerai et tu m'instruiras », reprit Job.

« La voix de nulle part, surgie de la propre tempête de Job, se fait entendre », se dit-elle.

Dieu se défaisait de son masque vengeur. Le Dieu sans mesures, plus vaste que les horizons ; le Dieu qui disparaît et renaît dans toutes les langues, s'exprimait, enfin, d'une autre voix. Ce Dieu infini qui lange le ciel de nuées, qui borde et maîtrise l'océan, qui fait pousser le gazon jusque dans les steppes, se dévoilait soudain en mots attentifs. Ce Dieu insaisissable, cible de désirs et d'appels, se mettait subitement à l'écoute des humains.

– Ensuite, ajouta Job reprenant assurance, c'est moi qui L'interrogerai. Il me répondra. Et je comprendrai tout !

– L'ultime réponse est inaudible, murmura-t-elle, craignant sa méprise ou plus tard sa déception.

– Pourquoi, puisqu'Il sait tout.

– Il n'y aura jamais de fin aux *pourquoi*, insista-t-elle.

– Que dis-tu là ?

– Je dis que Dieu est mystère, et que c'est bien ainsi.

– Il me livrera la clef de ce mystère.

– Il n'y a pas de clef.

– Qu'en sais-tu ?

– Si tu refuses le mystère, c'est Dieu que tu refuses.

– Femme, tu confonds l'un et l'autre.

– Ils ne font qu'un !

Contrarié par ses répliques, Job s'éloigna dans la direction du jeune homme toujours assis.

– Je viens à toi, mon fils.

* * *

La femme s'était retirée, les trois amis avaient disparu. Elihou ne desserrait pas les dents. Job s'alarma de tous ces silences. La pensée que Dieu l'abandonnait de nouveau multiplia son désarroi.

– Elihou, réponds-moi, suppliait-il. Parle, Elihou. Sinon, plus tard, tu regretteras de m'avoir laissé dans ce vide, dans cette absence.

Ce dernier hocha la tête avant de répondre :

– Le regret ne me viendra pas du silence, mais de toutes ces paroles que je n'aurais pas dû prononcer !

– Explique-toi, Elihou, reprit Job d'une voix pressante.

Tentant de s'exprimer sans bavardage, de révéler sans emphase la transformation ressentie, celui-ci hésitait. Les mots ne se présentaient pas.

Il se leva, plissa le front, se gratta la tête à la recherche de paroles ouvertes et précises, exactes et vastes. En vain. Beaucoup de temps s'écoula.

Découragé, Elihou esquissa de son bras gauche un mouvement arrondi, repris par l'autre bras. Il plia un genou, décrivit un cercle, composa un jeté de la jambe, puis, avança lentement. Il glissa, ensuite, à travers la salle, pivota au ralenti, enchaîna une figure à une seconde, à une troisième.

Son visage s'éclaira... Soudain il déborda d'entrain, improvisant des sauts, des pirouettes ; passant d'un frémissement à un envol, d'un rythme à une pause, de l'ardeur à la gravité.

Job recueillait ces signes sans rien dire.

À son tour, il éleva les bras, se déplaça,

imitant, s'accordant à la danse, aux cadences du jeune homme.

Alors, une fois de plus, la voix émergea du profond de son vieux cœur :

– Je t'interrogerai et tu m'instruiras...

* * *

– Job, sais-tu où niche la lumière ? entendit-il. Perçois-tu la substance des astres ou des vents ? Peux-tu définir le vol de l'aigle, régler le rythme des océans, reporter les lois de l'âge ou des saisons ? Que connais-tu, Job, des choses les plus simples, les plus naturelles ? De la croissance du moindre grain de blé, que connais-tu ? Et tu prétends me tenir dans ta main ?

Peux-tu me dire où et comment se fabrique la chair ? Peux-tu décrire le cheminement de cette chair, si fruitée, vers sa propre dévastation ? Comment se perpétue le circuit du sang ? Qu'est-ce qui maintient en fonction les viscères ? Qu'est-ce qui relie et soutient les vaisseaux ?

Sauras-tu jamais rendre compte de l'éternelle soif des hommes, si peu enclins à la paix ? Peux-tu me décrire cette fièvre qui les pousse sans cesse à fuir vers l'arrière ou vers l'avant ? Peux-tu m'instruire sur l'angoisse, qui les mine mais les porte aussi vers l'espoir, la beauté, la création ?

Que m'apprendras-tu, Job, sur l'ébauche d'une larme, sur l'amorce d'un sourire ? Peux-tu me démontrer la fascination des corps, l'incomparable volupté qui, soudain, s'empare de ceux-ci plutôt que de ceux-là ? Peux-tu éclaircir la naissance d'un autre corps issu de cette fusion ?

Ce mystère qui t'entoure, j'en suis !

Comment déclares-tu me connaître ? Pourquoi t'acharnes-tu à me modeler à ton image ? Pourquoi me charges-tu de ton âme vengeresse, m'investis-tu de tes abus de pouvoir, m'enfermes-tu dans ton langage, m'encercles-tu de tes mots indigents ?

Je suis où nul ne peut m'atteindre !

Job reçut ces paroles comme des éclats en pleine poitrine. À la fin, il entendit :

– Seul l'amour... seul l'amour...

Elihou poursuivait toujours sa danse.

« Seul l'amour... » résonnait encore lorsque Job se précipita vers le dehors, à la recherche de ses trois compagnons. Malgré la fatigue, ceux-ci avaient parcouru de longues distances pour le rejoindre. Il les avait laissés partir sans un adieu, sans un merci. Devant sa demeure, il hurla leurs noms :

– Éliphaz, Bildad, Tsophar ! Revenez !

Ils avaient disparu. Loin de sa vue affaiblie, hors de portée de ses appels.

Le seul désir de les retrouver, de les serrer contre lui en dépit de leurs dissensions, se révéla si puissant, qu'il se sentit accordé à la voix qui remuait en lui.

Les jours suivants, celle-ci chemina et s'étendit.

Job s'adressa plusieurs fois à sa femme pour lui dire qu'il l'aimait plus que jamais.

– Il n'y a pas de clef, chuchota-t-il.

Se rapprochant, il ajouta qu'en effet les desseins de Dieu étaient impénétrables. L'entourant de son bras, il lui affirma ensuite qu'il serait toujours, quoi qu'il advienne, à ses côtés.

Elle le savait. Malgré les conflits et les éloignements, elle l'avait toujours su.

Les souffrances vécues, les événements tragiques ne l'avaient pas endurcie, ils la tourmenteraient tant qu'elle ne serait pas rassurée sur le sort des siens. Elle croyait cependant aux retours de l'aube ; non pas dans une attente béate, mais comme en ces craquements d'écorce qui livrent, infailliblement, passage aux sèves et à la vie. La danse d'Elihou, suivie de celle de Job, en avaient été la confirmation.

Ce dernier avait recouvré santé et appétit. Les jours suivants, d'autres messagers étaient venus leur annoncer que tous leurs enfants avaient échappé à la mort.

Depuis, Job guettait leur venue. Il s'inquiétait, parfois même s'irritait de leur retard à paraître. Il accepta ensuite de patienter, de se réjouir, avec elle, qu'ils soient simplement heureux et en vie. De se dire qu'ils viendraient en leur heure.

* * *

Au long de toutes ces années, la femme avait ressenti de fréquents malaises, rapidement maîtrisés.

De cette dernière attaque qui venait de l'assaillir – tandis qu'elle se tenait assise, au calme, en plein midi, sur le seuil de sa maison –, elle sut qu'elle ne se relèverait pas.

Cette fois la crise avait été fulgurante : un interminable vertige accompagné d'une forte compression de la poitrine, de crispations saccadées du cœur.

Job la vit pâlir et s'en alarma. Elle parvint à le tranquilliser ; la douleur cédait peu à peu. Elle se leva, sortit, s'engagea dans le sentier des vignes.

– Les raisins sont mûrs, je vais cueillir une grappe.

Il la laissa faire, prêt, à tout instant, à intervenir. Il la voyait avancer sous le soleil d'un pas allègre, fixa longtemps sa rassurante silhouette.

À la pensée qu'elle éviterait, par cette fin proche, les servitudes et les dégradations de l'extrême vieillesse, la femme éprouva du soulagement, et rendit grâces à la nature qui s'ajustait si judicieusement à ses propres limites. Elle ne souffrait plus, mais savait ce répit momentané.

Quelques jours après elle dût s'aliter.

La veille, Elihou leur avait fait ses adieux.

* * *

– Danse, Job ! Danse pour moi.

Pour la distraire le vieil homme esquissait parfois des mouvements autour de sa couche. Malgré leur maladresse, leur gaucherie, chacun de ses gestes dégageait une ferveur une grâce plus touchantes qu'une prière.

Le reste du temps, Job s'apaisait en la soignant. Il assumait les tâches quotidiennes, l'alimentait par minuscules portions plusieurs fois par jour, traînait leur couche sur la terrasse pour qu'elle puisse jouir du dégradé des crépuscules, des chatoiements de l'aurore.

Elle insistait pour qu'il sorte et se promène parmi les arbres. Elle accompagnait, de loin, sa promenade en fredonnant.

« Les petites choses deviennent de si grandes choses », songeait-elle, en regardant le ciel rosir ou blondir, tandis que Job agitait ses bras pour la saluer. Le moindre signe contenait sa part de bonheur, la moindre brindille, le moindre mot, le moindre rayon.

Le sens du destin continuait de lui échapper ; mais rien, rien ne la faisait regretter d'être venue au monde.

Il lui restait à franchir la dernière étape. Le saurait-elle, le pourrait-elle, sans que sa carcasse en déroute ne résiste et se cabre ?

Elle souhaitait glisser d'une rive à l'autre, sans heurt, sans cri. Se refusant à toutes promesses de corps glorieux et d'éternels paradis, elle ne nommait pas cet ailleurs, qui n'était peut-être que dissolution.

Le mystère était un bienfait ; l'énigme, une largesse. Elle s'y tiendrait jusqu'au bout.

* * *

Durant toute la nuit, Job essuyait la sueur de son front, humectait ses lèvres car elle ne pouvait plus s'alimenter. Approchant sa joue de la sienne, il lui répétait les mots de jadis :

– Toi que mon cœur aime... Ma sœur, ma fiancée...

À l'aube, sentant que sa fin approchait, il lui glissa à l'oreille :

– Tu es terrible comme les bataillons !

Ils échangèrent un sourire malicieux. Soudain ils n'appartenaient plus aux sols, ni à l'âge ; ni au labeur, ni aux saisons ; ni aux aïeux, ni aux descendants ; ni même l'un à l'autre. Aimants et libres ils se tenaient par la main :

– Danse ! redemanda-t-elle.

La sentant de plus en plus fragile, il hésitait à s'éloigner.

– Danse pour moi, Job...

Il fit quelques pas avant de composer de lentes et tranquilles figures au pied de sa couche.

Derrière une brume de plus en plus épaisse, elle distinguait des parcelles de ce corps en mouvement : un avant-bras, une main, une épaule, un profil. Des fragments de ce corps aimé...

Elle sombrait. Doucement. Consentante. Aucun sursaut ne vint interrompre ce périple.

– Tu es terrible comme les bataillons !... entendit-elle de nouveau dans l'extrême connivence, la longue complicité.

– Toi que mon cœur aime, entendit-elle encore.

Et tout fut accompli.

NOTES

Passages tirés du *Cantique*
des cantiques, pages 20-21-29 ;
Du Livre de Josué, p.32-33 ;
D'autres citations, mêlées au texte,
proviennent du *Livre de Job*.

LA PETITE BIBLIOTHÈQUE
DU XIXe SIÈCLE

Charles Beaudelaire, *Choix de maximes consolantes sur l'amour*
Fedor Dostoïevski, *Le Rêve d'un homme ridicule*
J. W. von Goethe, *Dans un jardin du monde*
Hippolyte Taine, *Étienne Mayran*
Oscar Wilde, *Le Portrait de Mr. W. H.*

LA PETITE BIBLIOTHÈQUE EUROPÉENNE
DU XXe SIÈCLE

Lou Andreas-Salomé, *Rainer Maria Rilke*
Lou Andreas-Salomé, *Création de Dieu*
Jerzy Andrzejewski, *Personne*
Beatrix Beck, *Grâce*
Johannes Bobrowski, *Les Pianos de Lituanie*
Veza Canetti, *La Rue Jaune*
Hugo Claus, *L'Amour du prochain*
René Jean Clot, *La Neige en enfer*
Joseph Conrad, *Parole de Sagesse*
Willem Elsschot, *Le Feu follet*
Jens-Martin Eriksen, *Nani*
Jean Ferry, *Le Mécanicien et autres contes*
Ida Fink, *Le Jardin à la dérive*
Sylvie Germain, *Opéra muet*
Natalia Ginzburg, *La Mère*
Franz Hessel, *Romance parisienne*
Franz Hessel, *Le Bazar du bonheur*
Gert Hofmann, *La Dénonciation*
Hugo von Hofmannsthal, *Le Livre des amis*
Michel Host, *La Soirée*
Bohumil Hrabal, *Tendre Barbare*
Bohumil Hrabal, *Les Souffrances du vieux Werther*
Sergueï Kaledine, *La Quille*
Else Lasker-Schüler, *Mon cœur*
Herta Müller, *L'homme est un grand faisan sur terre*
Enrico Pea, *Moscardino*
Jérôme Peignot, *Un printemps à Pékin*
Séda, *Publique*
D. M. Thomas, *Love Train*

Cet ouvrage a été reproduit et achevé d'imprimer
en janvier 1996
par l'Imprimerie Floch à Mayenne
pour le compte des Éditions Calmann-Lévy
3, rue Auber, Paris 9e
N° d'éditeur : 12212/03
N° d'imprimeur : 38807
Dépôt légal : janvier 1996